# Analyse de l'œuvre

Par Gil Smits

# L'Autre Moitié du soleil

Chimamanda Ngozi Adichie

lePetitLittéraire.fr

# Analyse de l'œuvre

Par Gil Smits

# L'Autre Moitié du soleil

Chimamanda Ngozi Adichie

lePetitLittéraire.fr

# Rendez-vous sur lepetitlitteraire.fr et découvrez :

Plus de 1200 analyses
Claires et synthétiques
Téléchargeables en 30 secondes
À imprimer chez soi

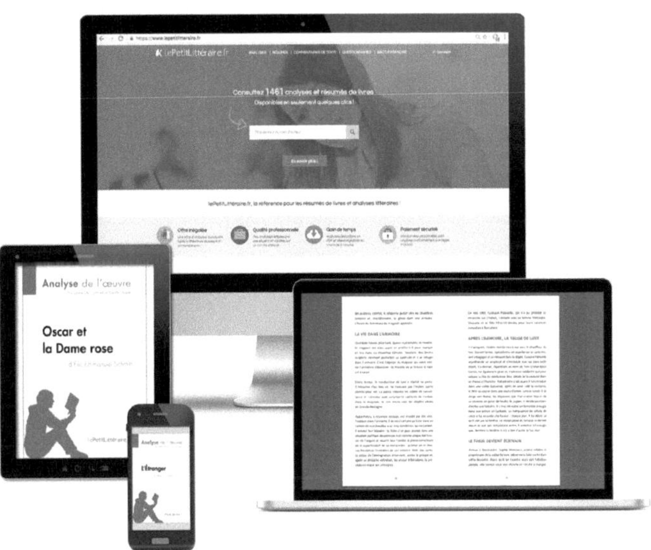

# L'AUTRE MOITIÉ DU SOLEIL

## AMOURS ET GUERRE DANS LE NIGÉRIA POSTCOLONIAL

- **Genre :** fiction historique
- **Édition de référence :** *L'autre moitié du soleil*, trad. de l'anglais (Nigeria) par Mona de Pracontal, Paris, Gallimard, 2008, 504 p.
- **1re édition :** 2006
- **Thématiques :** Nigéria, guerre civile, amour, drame, politique.

*L'autre moitié du soleil* est un roman historique publié en 2006. Il raconte la guerre du Biafra, une guerre civile qui s'est déroulée au Nigéria à la fin des années 1960, à travers la perspective de plusieurs personnages. L'autrice a grandi dans les années qui ont suivi la guerre et a ressenti le besoin de coucher par écrit les épreuves et les séquelles du peuple nigérian. Outre le conflit, le roman aborde une multitude d'autres sujets, notamment les questions d'identité et de politique dans une Afrique postcoloniale, la part de responsabilités des Occidentaux, le pouvoir des femmes, etc.

Lors de sa publication, le roman a reçu d'excellentes critiques et a été inclus dans la liste du *New York Times*, « 100 Most Notable Books of the Year ». En 2007, il reçoit également le Women's Prize for Fiction (auparavant connu sous le nom d'Orange Prize) – l'un des plus prestigieux prix littéraires du Royaume-Uni – qui est décerné à la meilleure œuvre de fiction rédigée par une écrivaine de langue anglaise. Son importance culturelle et littéraire ne décroit pas avec les années. En 2019, le roman intègre le top 10 des meilleurs livres depuis 2000 par le journal *The Guardian*, et il est cité dans le classement des cents romans qui ont façonné le monde par la BBC. En novembre 2020, *L'autre moitié du soleil* est considéré comme le meilleur livre à avoir gagné le Women's Prize for Fiction depuis la création du prix, il y a vingt-cinq ans.

Le roman a été adapté au cinéma en 2013 par le réalisateur nigérian Biyi Bandele et est devenu l'un des plus gros succès au boxoffice du cinéma nigérian.

# CHIMAMANDA NGOZI ADICHIE

## ÉCRIVAINE NIGÉRIANE

- **Née le 15 septembre 1977 à Enugu**
- **Quelques-unes de ses œuvres :**
  - *Decisions* (1997), recueil de poèmes
  - *L'Hibiscus pourpre* (2003), roman
  - *Americanah* (2013), roman

Née dans le village d'Enugu en septembre 1977, Chimamanda Ngozi Adichie est une écrivaine nigériane. Sa famille est originaire du village d'Abba, dans le sud-est du Nigéria. Elle a grandi à Nsukka, une ville où est implémentée l'Université du Nigéria où ses parents travaillaient. Ses proches ont presque tout perdu durant la guerre du Biafra. Elle a étudié la médecine à l'université avant de quitter le Nigéria à l'âge de dix-neuf ans pour étudier les sciences politiques et la communication à l'Université Drexel à Philadelphie. Elle est transférée ensuite à la Eastern Connecticut State University dont elle sort diplômée avec les honneurs en 2001. En 2003, elle termine une maitrise en création littéraire à l'Université John-Hopkins de Baltimore. Elle achève également une maitrise en études africaines à Yale en 2008.

Ses premières créations littéraires datent de 1997, avec la publication d'un recueil de poèmes intitulé *Decisions* et l'écriture d'une pièce de théâtre, *For Love of Biafra*.

Cependant, sa carrière décolle réellement avec la publication de son premier roman, *L'Hibiscus pourpre*, un roman initiatique. L'ouvrage reçoit de très bonnes critiques, est nominé pour l'Orange Prize for Fiction et reçoit le Commonwealth Writers' Prize. Son second roman, *L'autre moitié du soleil*, est couronné de plusieurs prix et est célébré pour son important apport culturel et littéraire. Elle poursuit sa carrière avec *Autour de ton cou* (2009), *Americanah* (2013) et *Chère Ijeawele, ou un manifeste pour une éducation féministe* (2017).

Femme engagée et féministe, elle est élue à l'Académie américaine des arts et des sciences en 2017.

# RÉSUMÉ

*L'autre moitié du soleil* est divisé en quatre parties qui se passent à deux temporalités différentes. Les première et troisième parties se déroulent au début des années 1960, tandis que les deuxième et quatrième parties se déroulent à la fin des années 1960. Chaque chapitre aborde différents points de vue, se déplaçant entre les personnages de Ugwu, de Olanna et de Richard Churchill. La principale raison de ces divisions est de marquer une comparaison entre la vie de privilège menée par les personnages au début de la décennie et la pauvreté durant les années qui suivent le début de la guerre. La narration est parfois entrecoupée par les extraits d'un livre intitulé *Le monde s'est tu pendant que nous mourrions*, dans lequel un auteur inconnu (jusqu'à la fin du roman) décrit les principales forces politiques en action durant la guerre du Biafra.

## LE CALME AVANT LA TEMPÊTE

Le roman prend place au Nigéria au début des années 1960. Ugwu, un jeune garçon de treize ans appartenant à l'ethnie Ibo et habitant un village perdu dans la brousse, se rend à Nsukka pour travailler en tant que domestique dans la luxueuse villa d'Odenigbo, un professeur aux tendances révolutionnaires. Odenigbo est amoureux d'Olanna, la fille d'un riche industriel nigérian habitant à Lagos. Malgré l'opposition de ses parents, Olanna déménage chez Odenigbo. Le jeune Ugwu est initialement jaloux de l'affection de son maitre envers la jeune femme, mais ce ressentiment change progressivement et les deux personnages lient une amitié sincère. Olanna rencontre les amis de son amant révolutionnaire, qui se réunissent chaque nuit pour discuter de la politique et des changements sociaux au Nigéria.

En parallèle, Richard Churchill, un écrivain anglais en voyage au Nigéria, quitte sa compagne Susan lorsqu'il tombe amoureux de Kainene, la jumelle d'Olanna au caractère bien trempé qui gère les affaires familiales à Port Harcourt. Richard emménage à Nsukka et se lie d'amitié avec Odenigbo et Olanna. Il participe aux soirées organisées par le professeur. La mère d'Odenigbo, surnommée « Mama », vient un jour en visite et insulte violemment Olanna, la traitant de sorcière ayant ensorcelé son fils. Les critiques touchent la jeune femme, et mettent à mal son couple avec Odenigbo. Cependant, les deux parviennent à régler leurs problèmes et décident d'avoir un enfant. Durant une absence d'Olanna, en voyage à Londres, Mama rend à nouveau visite à son fils avec une fille du village, Amala. Rendu ivre par l'alcool apporté par sa mère, Odenigbo trompe Olanna avec la jeune paysanne. Lorsque Olanna rentre de son voyage, elle découvre l'infidélité de son amant. Elle déménage dans un appartement de Nsukka et tombe alors dans une grosse dépression, qui s'aggrave lorsqu'elle apprend la nouvelle de la grossesse d'Amala, enceinte de l'enfant d'Odenigbo. Un soir, elle décide de s'enivrer et séduit Richard. Richard et Olanna décident ensemble de ne rien dire à Kainene, mais Olanna avoue tout à Odenigbo.

Ce dernier, furieux, refuse que Richard remette les pieds chez lui.

Malgré les tensions, Olanna et Odenigbo décident de continuer leur relation, et la jeune femme décide d'adopter l'enfant d'Amala, une petite fille, qui est rejetée par sa mère et par Mama. Elle nomme l'enfant Chiamaka, mais la surnomme Baby. De son côté, Kainene finit par apprendre la liaison de sa sœur avec Richard et coupe les ponts avec Olanna. Enragée, elle brule le manuscrit du livre sur lequel Richard travaillait, mais décide de ne pas quitter son amant britannique.

## LA GUERRE

Quatre ans plus tard, le gouvernement nigérian est renversé. Les Haoussas, ethnie nordique musulmane, accusent les Ibos, sudistes, d'être responsables du coup d'État et lancent des représailles. Six mois plus tard, un nouveau coup d'État a lieu et de nombreux soldats ibos sont tués. Odenigbo, Ugwu et Olanna suivent fréquemment les nouvelles à la radio. Olanna emmène Baby à Kano pour visiter des proches et son ancien amant, Mohammed, qui appartient à l'ethnie Haoussa. Elle assiste à de nombreuses violences. Les représailles envers les Ibos tournent au pogrome et les proches d'Olanna sont violemment massacrés. Elle parvient à s'enfuir avec Baby et prend un train – rempli de réfugiés – pour Nsukka. Dans le train, elle voit une femme transportant la tête coupée de sa fille dans un panier et en est horrifiée. Le traumatisme lié aux violences la laisse paralysée pendant plusieurs semaines. De son côté, Richard est témoin d'un massacre de civils ibos à l'aéroport. Le colonel Ojukwu, le leadeur ibo, annonce la sécession du sud-est du Nigéria en une république libre, la république du Biafra. Ugwu, Olanna et Odenigbo se réjouissent de pouvoir recommencer à vivre dans ce nouveau pays.

Cependant, le Nigéria déclare rapidement la guerre au Biafra pour le réannexer. La Grande-Bretagne envoie des armes à l'armée nigériane, qui affronte les troupes biafriennes pleines d'espoir et de confiance. Le front évolue rapidement, et la ville de Nsukka doit être éva-cuée. Odenigbo, Olenna, Ugwu et Baby déménagent à Aba, puis à Umuahia. Leur situation s'aggrave progres-sivement au fur et à mesure que la guerre continue, et que les réserves alimentaires et monétaires du Biafra s'épuisent. Olanna et Odenigbo se marient, mais un raid aérien coupe court aux célébrations.

Le déclin du Biafra s'amorce de plus en plus. Il y a des violences et la famine commence à faire ses premières victimes. Le Nigéria bloque toute l'aide apportée au Biafra, et la plupart des pays étrangers ne reconnaissent pas l'existence de ce nouveau pays et semblent se désin-téresser du conflit. Richard est engagé par le bureau de propagande biafrien et commence à rédiger des articles sur la souffrance des habitants. Kainene, de son côté, dirige un campement de réfugiés. La mère d'Odenigbo est tuée, ce qui pousse le professeur révolutionnaire à la dépression et à l'alcoolisme. Kainene retrouve Olanna et, son point de vue changé par la guerre, lui pardonne. Les sœurs jumelles se rapprochent à nouveau. Ugwu tombe amoureux d'une jeune réfugiée, Eberechi, mais est enrôlé de force dans l'armée biafrienne. Il prend part à plusieurs combats et participe à un viol collectif sur une jeune femme, un acte qu'il regrette profondément. Il est grièvement blessé dans une bataille, et ses proches l'imaginent perdu à jamais.

## LA REDDITION

Umuahia tombe aux mains de l'armée nigériane et la famille d'Olanna déménage chez Kainene, à Orlu. Ils retrouvent Ugwu dans un hôpital et le ramènent chez eux. De nombreux enfants commencent à mourir régulièrement de kwashiorkor, une maladie liée à la malnutrition et à la famine. Un jour, Kainene décide de traverser les lignes ennemies pour trouver de la nourriture et disparait. Richard et Olanna la recherchent frénétiquement, mais ne trouvent rien. Affaibli et désespéré, le Biafra décide de signer un armistice et le Nigéria est finalement réunifié. Olanna, Odenigbo, Ugwu et Baby retournent à Nsukka, pour retrouver leur maison pillée et toutes leurs économies liquidées. Ugwu retourne à son village et apprend la mort de sa mère et le viol collectif de sa sœur Anulika par cinq soldats. Il commence à écrire à propos de ses expériences et on apprend qu'il est l'auteur du livre *Le monde s'est tu pendant que nous mourrions*. La disparition de Kainene demeure un mystère.

# ANALYSE DES PERSONNAGES

Le roman *L'autre moitié du soleil* présente une multitude de personnages secondaires, dont beaucoup sont liés au destin des protagonistes. Cette analyse se concentre donc sur les cinq personnages principaux (Ugwu, Odenigbo, le Britannique Richard Churchill, Olanna et sa jumelle Kainene), mais les personnages mineurs y sont également mentionnés. La description de la vie des personnages par Adichie est intentionnelle et présente une ressemblance frappante avec la composition de la population nigériane : les riches, les instruits et les pauvres. Le roman montre à quel point chaque classe compte dans la grande image du pays et, même encore à ce jour, *L'autre moitié du soleil* détient un degré de précision implacable à ce sujet. Le roman présente également comment le Nigéria est fracturé au niveau de l'ethnicité (Ibos, Haoussas, Yorubas, etc.) et comment cela crée un déséquilibre dans la gouvernance du pays. L'autrice est elle-même issue d'une famille ibo, elle s'identifie donc clairement à la cause du Biafra, mais elle n'hésite pas à dépeindre les erreurs et les atrocités commises par le Biafra durant la guerre. Dans l'ensemble, sa représentation des personnages et des conflits entre la race et la culture montrent l'humanité commune de tous, et comment même quelqu'un comme Richard – un membre de la culture « oppressive » – peut être une force pour le bien lorsqu'il est prêt à reconnaitre la valeur égale de tous les peuples et tente de les aider.

# UGWU

Ugwu est le premier protagoniste du roman. C'est un jeune garçon ibo du village de brousse d'Opi. Ugwu devient le domestique d'Odenigbo et s'émerveille de tous ses biens et de son éducation. Initialement, il ne peut comprendre son nouveau monde qu'en termes de culture traditionnelle, de vie de village et de nature, les seules choses qu'il connaisse. Mais c'est une véritable éponge à savoirs. Il possède un génie naturel, excelle rapidement à l'école et devient un excellent cuisinier. Sous l'influence d'Odenigbo, il commence à se construire une conscience politique. Il traverse la puberté et convoite les filles (dont Olanna, la compagne de son maitre), mais il est généralement frustré en amour. Initialement amoureux d'une fille de son village, il finit par développer des sentiments pour une jeune réfugiée, Eberechi. Il accompagne Odenigbo et Olanna dans leurs déménagements successifs. Lorsqu'ils arrivent à Umuahia, il participe à l'enseignement des enfants aux côtés d'Olanna, mais est rapidement enrôlé de force dans l'armée. Durant son bref séjour sous les drapeaux biafriens, il est envoyé dans le bataillon des sapeurs-mineurs. Il tue de nombreux soldats ennemis et participe à son grand regret au viol collectif d'une autre femme ibo. Il est grièvement blessé lors d'une escarmouche et les nouvelles de sa mort se répandent. Il est cependant retrouvé dans un hôpital par Richard et est réuni avec ses proches. Ugwu ne revoit plus jamais Eberechi, qui est décédée avant la fin du conflit. Lorsqu'il retourne dans son village, il apprend le décès de sa mère et le viol de sa sœur. Inspiré par une œuvre de Frederick Douglass, il finit par écrire *Le monde s'est tu pendant que nous mourrions*, l'histoire du conflit du Biafra.

## ODENIGBO

Odenigbo est un professeur de mathématiques de l'Université de Nsukka. Il a des idées révolutionnaires et socialistes, et est un tribaliste convaincu. Ayant été éduqué à l'occidentale, il rejette les superstitions traditionnelles et vit dans le confort tout en prêchant simultanément les maux de la colonisation. Il est amoureux d'Olanna et les deux personnages se sont liés romantiquement avant le début du roman. Il est décrit comme ayant un physique fort, et parle avec passion de nombreux sujets, principalement la politique internationale. Odenigbo accepte Ugwu en tant que domestique et participe à son éducation. Malgré son amour pour Olanna, il la trompe avec une jeune paysanne nommée Amala, qui tombe enceinte après leur relation. De cette relation nait une petite fille, Chiamaka. Lorsque la guerre commence, il épouse Olanna. Il se considère comme un Biafrien patriotique, mais tombe progressivement dans la dépression et l'alcoolisme, aggravé notamment par le décès de sa mère et les nouvelles de la mort d'Ugwu dans une bataille, laissant Olanna s'occuper des responsabilités d'élever une famille en temps de guerre. Il commence alors à dépenser tout son argent dans les bars et à délaisser son épouse. À la fin du roman, il finit cependant par retrouver son jeune domestique, abandonne l'alcool et tente de reconstruire sa vie familiale.

# RICHARD CHURCHILL

Richard est un expatrié et écrivain anglais. Il est l'un des trois personnages « points de vue » du roman (avec Ugwu et Olanna). Il est arrivé au Nigéria après être tombé en admiration devant l'art Igbo-Ukwu et les pots cordés nigérians en bronze. Au début du roman, il est romantiquement lié à Susan Grenville-Pitts, une expatriée anglaise raciste et possessive. C'est un bel homme, mais il est extrêmement timide et maladroit. Il tombe profondément amoureux de Kainene et entame une relation avec elle. Il déménage dans un logement universitaire à Nsukka pour écrire son livre, intitulé *Le Panier de mains*. Il y fait la connaissance de son domestique, Harrison, un homme d'âge moyen fier de sa cuisine. Richard se sent comme un véritable Biafrien, mais finit par reconnaitre que, en tant qu'homme blanc, il sera toujours vu comme un étranger à la souffrance des Ibos. Il se retrouve un but lorsqu'il est engagé par la propagande biafrienne et commence à utiliser son privilège d'étranger pour publier des articles sur la guerre du Biafra.

# OLANNA

Olanna est la fille du chef Ozobia – un riche industriel tape-à-l'œil – et une des trois protagonistes du roman. Elle est décrite comme étant d'une insolente beauté. Ses parents sont superficiels et cupides, mais Olanna possède un grand sens moral et agit avec fermeté. Elle a étudié la sociologie à Londres avant de retourner au Nigéria. Elle déménage à Nsukka pour occuper un poste d'assistante au département de Sociologie de l'université.

Avant le début du roman, elle était romantiquement liée à un riche Haoussa nommé Mohammed, qu'elle a quitté pour Odenigbo, dont elle est profondément amoureuse. Sa relation avec celui-ci connait des hauts et des bas, en particulier lorsqu'elle apprend la tromperie de son amant et la naissance de Chiamaka. Elle finit par pardonner à Odenigbo et adopte l'enfant pour l'élever comme sa fille. Olanna et sa famille appartiennent à l'ethnie Ibo, et sont donc grandement touchés par les massacres et la guerre. Elle est particulièrement proche de son oncle Mbaezi, de sa tante Ifeka et de sa cousine Arize, et est très affectée lorsqu'ils sont massacrés par des brutes haoussas. Durant le conflit, Olanna finit par épouser Odenigbo, aide les réfugiés et organise des cours pour les enfants biafriens. Elle s'élève au-dessus de ses souffrances et s'endurcit progressivement tout au long du roman.

## KAINENE

Kainene est la sœur jumelle d'Olanna. Comme sa sœur, elle a étudié à Londres, mais a fini par reprendre les affaires paternelles à Port Harcourt. Moins belle que sa sœur, elle possède une personnalité un peu austère et sarcastique. Elle a toujours été la moins populaire des deux et s'est donc construit de nombreuses barrières émotionnelles contre les critiques extérieures. Richard tombe profondément amoureux d'elle lorsqu'ils se rencontrent. Elle lui rend son amour, mais affiche rarement une affection ouverte. Elle se distance de sa sœur avant le conflit, lorsqu'elle apprend sa liaison avec Richard. Elle profite de la guerre civile en expédiant des armes.

Cependant, après avoir été témoin de la cruauté de la guerre, elle quitte sa vie haut de gamme et l'entreprise de son père pour diriger un camp de réfugiés et pardonne à sa sœur Olanna. Son intrépidité lui fait traverser les lignes ennemies pour chercher des provisions, mais elle disparait mystérieusement sans laisser de traces.

# CLÉS DE LECTURE

## LA GUERRE DU BIAFRA

La guerre civile nigériane, qui s'est déroulée de 1967 à 1970, est au cœur *de L'autre moitié du soleil*. Le Nigéria, un des pays les plus peuplés d'Afrique, ne s'est libéré que récemment de la tutelle coloniale britannique (en 1960), et le pays est lui-même conçu grâce à une unification arbitraire (par ses anciens colonisateurs) de plus de deux-cent-cinquante groupes ethniques différents. Les plus importants d'entre eux sont les Ibos, chrétiens et animistes, au sud-est ; les Yorubas, musulmans et chrétiens, au sud-ouest ; et les Haoussas, majoritairement musulmans, au nord. Adichie brosse un tableau de ce jeune pays plein d'espoir dans sa nouvelle indépendance à travers des scènes dans la maison d'Odenigbo, où des professeurs, des politiciens et des poètes se disputent et discutent ensemble de l'avenir de leur pays. Mais, malgré l'indépendance en 1960, la politique nigériane est toujours sous influence britannique, principalement à travers la manière dont le gouvernement est organisé. La Grande-Bretagne veut maintenir son accès aux ressources nigérianes, en particulier les ressources pétrolières du sud du pays. L'ethnie nordique des Haoussas et les Ibos sudistes sont privilégiés et possèdent un contrôle accru. Cependant, les élections qui suivent l'indépendance excluent progressivement les Ibos du pouvoir. L'alliance politique entre les Yorubas et les Haoussas est renversée lors d'un coup d'État ibo en janvier 1966, et les tensions ethniques s'attisent dans le pays. Des représailles anti-Ibos éclatent dans le nord, faisant plusieurs milliers de morts. En juillet 1966, un second coup d'État instaure une junte militaire haoussa à majorité musulmane. Malgré de nombreuses tentatives pour maintenir le calme, en particulier dans la capitale Lagos, les affrontements meurtriers continuent. Le gouverneur militaire de la région orientale et leadeur ibo, Odumegwu Emeka Ojukwu, refuse de reconnaitre le pouvoir en place et rejette les propositions de découpage administratif du pays, qui priveraient le sud d'une grande partie de ses ressources. En mai 1967, la sécession de la région orientale est mise en place. La région se proclame indépendante sous le nom de République du Biafra, avec Enugu comme capitale. Durant l'été 1967, le front évolue et les forces biafraises semblent victorieuses, mais les villes principales tombent peu à peu sous le contrôle de l'armée nigériane. Le territoire du Biafra diminue rapide-ment. La ville de Port Harcourt, célèbre pour ses champs pétrolifères, tombe en mai 1968. La résistance biafraise est progressivement étouffée et la population est affa-mée à cause du blocus nigérian. La région autonome finit par se rendre en janvier 1970. Le Biafra est réintégré au sein du pays.

Les puissances occidentales ont suivi de près la décoloni-sation et la guerre, tout en semblant s'en désintéresser. Le gouvernement nigérian a principalement été soutenu par la Grande-Bretagne, l'Union soviétique et les États-Unis, mais seuls les Britanniques ont envoyé du matériel pour soutenir les troupes. L'indépendance du Biafra n'a été reconnue que par quelques pays africains (et par

Haïti), mais a été soutenue indirectement par la France et par Israël. Le conflit est resté célèbre pour l'importante médiatisation de la crise humanitaire et la publication de clichés d'enfants affamés par le blocus imposé par le Nigéria. Le fléau de la malnutrition et de la famine a participé à l'émergence des organisations non gouverne-mentales, notamment Médecins sans frontières (ONG créée en 1971). Durant le conflit, près de deux-millions de personnes sont décédées suite à la famine causée par le blocus.

*L'autre moitié du soleil* est raconté du côté des person-nages appartenant à l'ethnie Ibo (Ugwu, Odenigbo, Kainene et Olanna), qui sont tous touchés par les mas-sacres, la guerre et qui, malgré tout, gardent un espoir dans l'avenir désespéré du Biafra. Adichie nous livre aussi le point de vue d'un étranger (l'Anglais Richard) qui, bien qu'appartenant aux colonisateurs, en vient à s'identifier étroitement à la cause biafraise par son amour pour Kainene. Pourtant, il ne peut jamais se considérer comme réellement biafrais, s'extirper complètement du contexte colonialiste ou séparer sa propre objectivation des Biafrais de son amour pour la jeune Ibo. En fin de compte, aucun des deux camps politiques ne sort irréprochable du conflit, tout comme les personnages du roman. La Grande-Bretagne a commencé tous les ennuis en colo-nisant et en opprimant le Nigéria, attisant les tensions ethniques et fournissant des armes au Nigéria pendant la guerre ; le Nigéria a utilisé la famine et les meurtres comme armes de guerre, et les soldats du Biafra ont commis leurs propres atrocités contre les Nigérians et même contre leur propre peuple. La puissance du roman est de montrer le visage humain des différents aspects du conflit, et de dépeindre des tragédies et des victoires individuelles qui donnent vie aux évènements que la plupart des Occidentaux ignorent. Dans son traitement du sujet, Adichie exprime l'idée que, dans une terre portant les marques indélébiles de l'influence étrangère, la guerre du Biafra et les souffrances qui l'accompagnent sont le produit à la fois de l'intervention étrangère et de l'indifférence étrangère.

## DES THÈMES TRÈS HUMAINS

*L'autre moitié du soleil* est un roman remarquable sur la responsabilité morale, la fin du colonialisme, les allégeances ethniques, la classe et la race, et les façons dont l'amour peut parfois tout compliquer. Adichie utilise avec brio ces thèmes profondément humains pour développer le récit.

### La loyauté et la trahison

Sur le plan politique, Adichie démontre dans son roman la « trahison » au sein même du Nigéria à travers le massacre des Ibos, mais aussi dans la sécession du Biafra et la puissante dévotion des Ibos à la cause de leur nouveau pays. Cependant, *L'autre moitié du soleil* se concentre principalement sur la perception individuelle. En effet, les protagonistes font également l'expérience de la loyauté et de la trahison personnelles. Deux des personnages centraux, Olanna et Kainene, sont des sœurs jumelles qui, à bien des égards, agissent comme un microcosme du conflit nigérian (elles se séparent douloureusement, mais sont finalement réunies). Les jumelles ne se ressemblent pas du tout, elles sont proches dans leur jeunesse, mais se séparent en vieillissant. Olanna trahit Kainene en séduisant son amant, Richard, et Kainene répond en coupant totalement sa sœur de sa vie. De la même manière, Odenigbo trahit Olanna en couchant avec Amala, à l'aide de sa mère, et Richard trahit Kainene en ayant une relation avec Olanna.

Toutes ces trahisons provoquent une grande douleur et des moments de réflexion personnelle pour les différents personnages, mais elles conduisent finalement au pardon et à une loyauté plus forte qu'auparavant. Olanna reprend Odenigbo, Kainene brule le manuscrit de Richard, mais reste avec lui, et Olanna et sa sœur sont finalement réunies et se rapprochent plus que jamais. À travers ses personnages bien développés, Adichie montre les tendances humaines à la loyauté et à la trahison, tout en montrant comment ces impulsions se manifestent dans le spectre politique plus large.

## L'amour

*L'autre moitié du soleil* traite d'évènements politiques et historiques, mais c'est aussi un récit profondément humain et personnel, notamment à travers l'amour entre ses personnages. Les relations sentimentales entre Olanna et Odenigbo, Kainene et Richard, et l'engouement d'Ugwu pour les femmes sont au centre du roman, ainsi que l'amour fraternel entre Olanna et Kainene. Comme partout dans le roman, l'aspect personnel est affecté par la politique et vice-versa : l'amour d'Olanna pour Odenigbo l'amène à partager les idées radicales de son amant, et l'amour de Richard pour Kainene l'amène à franchir les barrières raciales et politiques.

L'amour entre les deux sœurs jumelles Olanna et Kainene devient une sorte de symbole de l'unité du Nigéria, car elles coupent douloureusement les liens qui les unissent avant de finalement se réunir. Les désirs d'Ugwu pour Nnesinachi et Eberechi sont contrecarrés par la guerre, et le jeune homme commet l'atrocité du viol – la corruption ultime de l'amour – sous les drapeaux biafriens. L'amour entre Kainene et Richard et celui entre les sœurs jumelles semblent être les plus durables du roman, ce qui rend ce dernier d'autant plus tragique lorsque Kainene disparait pour toujours. Adichie plonge dans tous les aspects profonds de l'expérience humaine : le sexe et la violence, la romance et la cruauté et, bien qu'elle montre une grande injustice et une grande douleur dans certaines scènes, l'autrice dépeint également l'amour comme étant capable de résister à toutes ces souffrances.

## La guerre et la violence

La majorité du roman se concentre sur la guerre civile nigériane, et la cruauté et la violence excessive de son conflit affectent tous les personnages. Cette guerre a été déclenchée par les massacres d'Ibos en 1966, en représailles d'un coup d'État. La création du Biafra était alors vue comme une période d'espoir pour les Ibos malmenés, mais celle-ci fut rapidement tempérée par la déclaration de guerre du Nigéria. Dans *L'autre moitié du soleil*, Adichie oppose des scènes de paix et d'optimisme (comme les diners animés dans la villa d'Odenigbo à Nsukka) à des scènes soudaines de violence et de peur. De cette façon, l'autrice donne un ton de suspense constant, alors que le pays devient un lieu de danger et de violence occasionnelle.

Le pays a connu des pertes humaines énormes. Près de trois millions de personnes ont péri suite aux combats et à la famine durant la guerre du Biafra, et Adichie fait ressortir les tragédies personnelles dans ces chiffres astronomiques. Elle montre de petites horreurs, comme une femme portant la tête coupée de sa fille dans un panier, les cheveux toujours soigneusement tressés ; un des domestiques de Kainene, Ikejide, ayant la tête coupée par un éclat d'obus ; la cousine d'Olanna, enceinte, brutalement assassinée avec le reste de sa famille ; le poète Okeoma, qui participait aux soirées d'Odenigbo, abandonnant l'écriture pour se battre ; ou Ugwu, contribuant aux horreurs de la guerre en participant au viol d'une serveuse ibo. La guerre et la violence sont souvent accablantes, à la fois dans le monde et dans le roman, et parfois la seule rédemption semble être d'essayer d'éviter les erreurs de l'histoire en les confrontant pleinement, comme le démontre l'écriture impitoyablement réaliste d'Adichie.

## Le changement

Le récit dépeint une période de grands changements au Nigéria, une période de dix ans qui couvre ses luttes initiales après l'indépendance jusqu'à la fin de la guerre civile. Adichie examine la manière dont les changements politiques affectent la vie interne et externe des indivi-dus. Certains réagissent avec force au changement exté-rieur, comme Kainene, Olanna et Ugwu, qui se forgent de nouvelles identités et trouvent un nouveau pouvoir, de nouvelles manières d'agir. Certains s'effondrent, comme Odenigbo, qui se met à boire. D'autres sont des victimes, comme Ifeka (la tante d'Olanna), malgré sa fière affirma-tion : « Ma vie ne changera que si je veux qu'elle change » (p. 266).

La perte est une grande partie du changement, mais avec la perte vient une nouvelle vie, même dans les pires circonstances : Olanna perd sa famille bienaimée, son argent, sa proximité avec Odenigbo et son sentiment de sécurité, mais gagne une relation profonde avec sa sœur Kainene, sa fille adoptive Baby et une personnalité plus affirmée. Kainene confirme la primauté de son libre arbitre, même à travers des pertes profondes, lorsqu'elle déclare : « Nous sommes tous dans cette guerre et c'est à nous de décider si nous devenons quelqu'un d'autre ou non » (p. 446).

Ugwu est celui qui connait les changements les plus profonds. Il commence comme simple garçon de brousse naïf, devenant un membre de la classe instruite, un sol-dat (avec ses étiquettes de « tueur » et de « violeur ») et enfin, un écrivain impliqué dans la guérison et l'expres-sion des expériences de son peuple. Ces changements interviennent au prix de la perte de son lien avec son village et de la vie qu'il a connue, elle-même altérée par la guerre. Le passage d'une vie de luxe à une vie de pau-vreté, l'introduction de la mort et de la guerre comme caractéristiques de la vie quotidienne, et la peur et l'incertitude qui minent la confiance en soi sont tous des changements avec lesquels les personnages de *L'autre moitié du soleil* luttent.

## LES QUESTIONS DE RACES, DE CULTURES ET D'IDENTITÉ POSTCOLONIALE

Une grande partie du conflit dans la politique nigériane et entre les personnages du roman est liée à la race et à la culture. La cause première en est la colonisation raciste et oppressive du Nigéria par l'Empire britannique. Ceci est illustré dans *L'autre moitié du soleil* par le personnage de Susan, qui considère tous les Africains comme moins civilisés et inférieurs aux Blancs. Le colonialisme a également exacerbé les conflits culturels entre les Nigérians eux-mêmes, car les frontières du pays ont été tracées par la Grande-Bretagne sans tenir compte des différentes ethnies.

En tant qu'œuvre de tradition postcoloniale, *L'autre moitié du soleil* explore donc des thèmes centraux de l'expérience postcoloniale, replacés dans le contexte spécifique des années qui ont précédé la guerre du Biafra et la guerre elle-même. Tout au long du récit, les personnages sont aux prises avec les questions identitaires dans un monde nouveau, avec le racisme et « l'altérité » qui caractérisent les relations internes et externes du Nigéria, avec l'intervention (ou l'absence d'intervention) de puissances étrangères dans leur lutte et ce que cela signifie pour leur vie et pour le processus de changement.

Dans le premier chapitre, Adichie utilise la première rencontre entre Ugwu et Odenigbo pour poser la question : « Comment pourrons-nous résister à l'exploitation si nous ne disposons pas d'outils pour comprendre l'exploitation ? » (p. 24). Elle utilise le personnage d'Odenigbo, avec son éducation et ses idéaux occidentaux, pour poser la question à Ugwu, qui n'est pas encore capable de comprendre le sens de la question. Ugwu est entièrement subalterne, ayant peu accès aux outils et aux discours des anciens colonisateurs. C'est un garçon qui a jusqu'à présent vécu une vie de villageois traditionnelle. Il comprend le monde en termes de naturel et de surnaturel, non de politique ou de théorique. Son arrivée dans la maison d'Odenigbo est son entrée dans un monde nouveau. Le roman suit en grande partie le développement de l'identité du jeune homme, alors qu'il accède à la culture et aux privilèges. Cet engagement progressif, combiné à ses expériences durant la guerre, conduit à son émergence en tant qu'écrivain postcolonial, travaillant en anglais, et qui se donne la tâche de donner une voix au Biafra. Il lutte avec ses sentiments et son dégout. Son pouvoir réside dans sa sensibilité à la souffrance de ceux qui l'entourent. À la fin du roman, il rejette le nationalisme biafrais – et le discours politique et intellectuel – qui l'a saisi dans ses premiers instants à la maison d'Odenigbo. Ce rejet est attesté par son refus d'écouter la radio de propagande biafraise et sa déclaration selon laquelle « la grandeur, ça n'existe pas » (p. 459).

Tout au long du texte, de nombreux personnages présentent la lutte et la tension entre les formes traditionnelles et indigènes de savoir et d'expression, et les formes et méthodes des anciens colonisateurs, avec les hypothèses selon lesquelles les manières occidentales sont intrinsèquement supérieures aux manières non occidentales. Cette lutte est au cœur de la formation de l'identité individuelle et collective par les groupes colonisés face à l'hégémonie (ou la domination culturelle, économique et politique) de la culture colonisatrice. Alors que des personnages comme Olanna et Odenigbo se construisent des identités hybrides qui marient des éléments culturels différents, d'autres personnages (comme la mère d'Odenigbo ou celle d'Ugwu) résistent farouchement à l'influence occidentale en s'alignant fermement sur leurs cultures traditionnelles.

## L'altérité, le racisme et l'identité ethnique

Après la fin de la guerre, Odenigbo pose à Richard une question fondamentale sur la nature du racisme et du colonialisme : « Qu'est-ce qui explique le succès de la mission de l'homme blanc en Afrique ? » (p. 461). Le professeur continue alors en déclarant que le racisme est une production du colonisateur, qu'il s'en est servi comme base de conquête. Pour Odenigbo, colonialisme et racisme sont indissociables, et c'est l'idée d'altérité – dont le racisme est une expression – qui justifie et perpétue l'assujettissement du colonisé. De manière contradictoire, Odenigbo est un tribaliste (celui qui croit que l'identité réside dans la tribu plutôt que dans la qualité d'être Africain) et il rejette l'idée que les Africains puissent être regroupés dans un ensemble homogène, qu'il considère comme une notion fondamentalement européenne. À l'instar du colonisateur, qui considère les

Nigérians comme des « autres », Odenigbo considère également de la même manière ceux qui ne font pas partie de son groupe ethnique ibo. Cette altérité même parmi les groupes indigènes a des conséquences tragiques, comme le montrent les pogromes anti-Ibos.

Odenigbo explique au début du roman que les identités nationales et raciales dépendent de la construction d'une altérité par le colonisateur : « Je suis noir parce que l'homme blanc a construit la notion de noir pour la rendre la plus différente possible de son blanc à lui » (p. 35). Cependant, il considère son identité d'Ibo comme sa véritable identité, car elle est antérieure à l'altérité imposée par le colonisateur (« J'étais ibo avant l'arrivée de l'homme blanc »). Un des participants à la soirée, le professeur Ezeka, objecte en soulignant : « L'idée même du pan-ibo ne s'est formée qu'en réaction à la domination blanche. Il faut comprendre que la tribu telle qu'elle existe aujourd'hui est un produit colonial au même titre que la nation et la race ». En effet, les politiques britanniques ont influencé les Nigérians à s'identifier comme faisant partie d'un grand groupe ethnique plutôt qu'à leurs clans locaux, tout en ayant tendance à subsumer les différences individuelles au sein de ces groupes ethniques. Avant la colonisation, Odenigbo se serait certainement vu comme appartenant à un autre groupe plus petit, qui a ensuite été regroupé sous l'identité ethnique ibo.

# PISTES DE RÉFLEXION

## QUELQUES QUESTIONS
## POUR APPROFONDIR SA RÉFLEXION...

- À quoi le titre du roman fait-il référence ?

- Chimamanda Ngozi Adichie aborde très légèrement un lien entre l'Holocauste et la situation de l'ethnie Héréro en Afrique australe. Pourquoi n'insiste-t-elle pas plus fortement sur ce parallèle ? Selon vous, peut-on qualifier de génocide le traitement de la population biafraise durant la guerre ?

- Dans certaines situations, Adichie met un point d'honneur à afficher l'état d'esprit bourgeois d'Olanna (elle est notamment dégoutée par les œufs de cafards dans la maison de sa tante, elle est réticente à laisser Baby se mêler aux enfants du village parce qu'ils ont des poux, etc.). Comment son regard privilégié est-il modifié par la guerre ? Développez.

- Dans le roman, le poète Okeoma fait l'éloge du Biafra en écrivant : « Si le soleil refuse de se lever, nous le ferons se lever » (p. 211). Selon vous, l'autrice représente-t-elle la sécession du Biafra comme un funeste exercice de naïveté politique ou comme une tentative désespérée de survie de la part d'une ethnie martyrisée ?

- D'après vous, compte tenu de l'histoire et du soutien du Nigéria par la Grande-Bretagne, la défaite du Biafra était-elle une conclusion inévitable ? Argumentez.

- Selon vous, les pays occidentaux auraient-ils dû intervenir plus fermement dans le conflit au risque de faire preuve de néocolonialisme ? Développez.

- La narration est entrecoupée d'un récit intitulé *Le monde s'est tu pendant que nous mourrions*. D'où provient ce titre ? En quoi est-il adapté à la situation du Biafra ?

- En quoi est-il approprié que ce soit Ugwu, et non Richard, qui finisse par écrire l'histoire de la guerre et de son peuple ?

- Abordez la question de l'identité. Estimez-vous qu'elle soit effectivement une construction sociale européenne ? Argumentez.

# POUR ALLER PLUS LOIN

## ÉDITION DE RÉFÉRENCE

- Ngozi Adichie C., *L'autre moitié du soleil*, trad. de l'anglais (Nigeria) par Mona de Pracontal, Paris, Gallimard, 2008.

## ÉTUDES DE RÉFÉRENCE

- Site officiel de Chimamanda Ngozi Adichie, consulté le 03/01/2021. URL : https://www.chimamanda.com/half-of-a-yellow-sun/.

## SOURCES COMPLÉMENTAIRES

- Birnbaum R., « Nigerian novelist C.N. Adichie talks about her new book and the Biafran War, being African in America and the distorted picture of Africa created by the media », in *themorningnews.org*, consulté le 06/01/2021. URL : https://themorningnews.org/article/chimamanda-ngozi-adichie.

## ADAPTATIONS

- *L'autre moitié de soleil*, film de Biyi Bandele, avec Chiwetel Ejiofor, Thandiwe Newton, John Boyega et Anika Noni Rose, 2013.

# lePetitLittéraire.fr

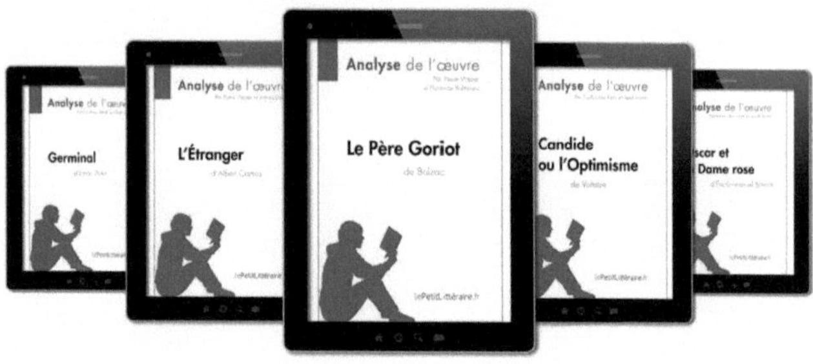



- un résumé complet de l'intrigue ;
- une étude des personnages principaux ;
- une analyse des thématiques principales ;
- une dizaine de pistes de réflexion.

**Retrouvez
notre offre complète sur
lePetitLittéraire.fr**

www.lepetitlitteraire.fr

ISBN version numérique : 9782808027052
ISBN version papier : 9782808027069
Dépôt légal : D/2021/12603/193

Conception numérique : Primento,
le partenaire numérique des éditeurs.